LES
QUARANTE

OU

GRANDEUR ET DÉCADENCE

DE L'ACADÉMIE FRANÇAISE

PAR

THÉODORE VIBERT

Auteur des Girondins

Suivis des Guêpes; — Nos Écoles;
Fantaisies; etc.

PARIS

AUGUSTE GHIO, ÉDITEUR

PALAIS-ROYAL, 1, 3, 5, 7, GALERIE D'ORLÉANS

1880

ARCIS-SUR-AUBE. — TYPOGRAPHIE LÉON FRÉMONT.

LES QUARANTE

Arcis-sur-Aube. — Imp. Léon Frémont, place de la Halle.

LES QUARANTE

OU

GRANDEUR ET DÉCADENCE

DE

DE L'ACADÉMIE FRANÇAISE

PAR

THÉODORE VIBERT

Auteur des Girondins

Suivis des Guêpes; — nos Écoles; —
Fantaisies; etc.

PARIS

AUGUSTE GHIO, ÉDITEUR

PALAIS-ROYAL, 1, 3, 5, 7, GALERIE D'ORLÉANS

1879

LES QUARANTE

A l'Académie française

Quand le soir d'un beau jour embaumant la vallée,
L'astre de feu s'éteint au-delà des grands monts,
Le voyageur perçoit l'ombre, que nous aimons,
Etreindre, entre ses bras, la nature accablée,

*   *
*

Tout s'endort, tout s'efface ; et la nuit étoilée,
De ses yeux alanguis, contemple les sillons !
L'existence, en ces lieux, par le chant des grillons,
Strident et monotone, est seule révélée !

*   *
*

Depuis la sombre époque, où la jalouse mort
A broyé les hauts fronts, sous sa dent qui les mord,
Ainsi d'un voile épais se vêt l'Académie !

*   *
*

Sa gloire gît glacée aux dalles des tombeaux ;
Et son âme et son cœur, rongés par l'anémie,
N'offrent plus aux regards que d'informes lambeaux !

1.

LES QUARANTE

—

I

Docteur, mon bon docteur, rongé par l'insomnie,
Chaque nuit me paraît au moins durer cent ans !
— « C'est le café, le thé, les autres excitans. »
— Que dites-vous ! J'ai su briser leur tyrannie.

* * *

— « Voulez-vous qu'à jamais la veille soit bannie,
« Et que votre chevet trouve de doux instans ?
« Savourez du serum !... Les songes inconstans
« Reviendront vous bercer de leur douce harmonie. »

* * *

— Des sages facultés, j'ai bu tout l'attirail :
Cédrat, orgeat, opium, lait, camphre de Raspail,
Jus d'ortie, adoré des doctes de Salerne ;

* * *

La science a menti, l'ancienne et la moderne !
— « Prenons les grands moyens : Le sublime de l'art ;
« Avalez, tous les soirs, deux pages de Nisard ! »

LES QUARANTE

—

II

Vous vous en souvenez, un jour l'Académie,
Loin hélas! des grandeurs, pompe de son passé,
Reniant son berceau, déjà bien effacé,
De sa lèvre effleura le front de l'infamie!

* * *

Dérobée à sa gloire, à jamais endormie,
L'œil atone, humblement, dans l'opprobre enchâssé,
Comme une criminelle, au crâne terrassé,
Elle épuisa l'affront, d'elle-même ennemie!

* * *

Aux préceptes du Christ, de révolte bouffi,
Du moderne athéisme, effroyable symbole,
Votre vote éclata, retentissant défi!

* * *

Promenant en tout lieu sa lugubre hyperbole,
Le mensonge, par vous, grandi, transfiguré,
Proclama votre honte en proclamant Littré!

LES QUARANTE

—

III

Chénier [1], Roucher, Gilbert, Racine [2], Malfilâtre,
Molière, Béranger, les Rousseau, Lamennais,
Deschamps [3], Berchoux, Piron, pleins de l'esprit français,
Par leur verve, ont conquis notre amour idolâtre.

Satire, élégie, ode, épître, chant de l'âtre,
Ont charmé la chaumière autant que le palais ;
Ils calment nos douleurs, en de séduisants lais,
Par leur grave pensée ou leur récit folâtre.

Et si tous ces amants de la postérité,
Abandonnés par vous, aux portes du cénacle,
Succombaient couronnés par l'immortalité,

Le vaillant Dupanloup, par un autre miracle,
Vous grava sur le front votre duplicité,
Et devint immortel en souffletant l'oracle !

1. André. — 2. Louis. — 3. Émile.

LES QUARANTE

—

IV

« Avant moi c'était le cahos ! Je suis Victor
« Hugo ! Qu'était Racine ? Un pleurnicheur, un pleutre !
« Mes disciples l'ont dit, bon à brosser mon feutre !
« Jean-Baptiste ? Un nigaud : Et Corneille ? Un butor !

***

« J'illumine la nuit : Voyez de quel essor
« Je vole ! Vainement, le grand Tout se calfeutre,
« Dans son ciel ; réponds-moi, quel est ton sexe ? Neutre ?
« Masculin ? Féminin ? Je pénètre ton for !

***

« Dans l'éther le génie, Ange — Philosophe — Aigle,
« Plane, sans faire antichambre au seuil de la règle ;
« Il vogue, Prométhée, au royaume azuré !

***

« Réformateur, il vide artistement la tonne
« Du vieux nectar des dieux, par les sots révéré,
« Et vainqueur la remplit du coulis de Cambronne. »

LES QUARANTE

—

V

Vos aïeux, Monseigneur, sur les champs de bataille,
Conquéraient vaillamment leur immortalité !
Le modèle, Henri, de l'intrépidité,
D'un antique héros avait la haute taille.

** * **

Son panache bravait la poudre et la mitraille,
Dans Arques, dans Ivry, par sa fougue emporté.
A Lérida, Madrid, Philippe fut cité
Comme un bouillant vainqueur, que la gloire médaille !

** * **

A Jemmape, à Valmy, dans Ancône, à Quiévrain,
Le dernier disparu de votre noble race,
Lassa la renommée à poursuivre sa trace.

** * **

Tous aimaient les lettrés ; mais ces hommes d'airain,
Qui courtisaient la mort, cœur léger, front serein,
Délaissaient le fauteuil pour la lourde cuirasse !

LES QUARANTE

—

VI

Immortel Jean Dumas, prince de la science
Il n'existe pour toi nuls arcanes secrets ;
Tu sais du Créateur commenter les décrets;
Et la nature cède à ton expérience !

***

En ton docte cerveau chacun a confiance ;
Et jamais parmi nous, les jaloux indiscrets,
N'ont sifflé bêtement, pris d'envieux regrets,
Le triomphe éclatant que ravit ta vaillance !

***

Nous avons applaudi, lorsque voulant braver,
De quelques sots railleurs, le rire sardonique,
Au temple de Boileau, tu te pris à rêver !

***

Achève ton chemin ! tu sauras nous prouver,
Qu'un troisième fauteuil, celui de la musique,
Encadrerait fort bien ton dos académique !

LES QUARANTE

—

VII

Dis-nous savant Dumas, quel est ce beau saki,
A la fauve prunelle, à la crinière jaune?
Son crâne sous le fouet vengeur de Tisiphone,
Sue, en lettres de feu, le nom de Bourbaki.

Est-ce un homme? Est-ce un singe, ou bien un blond maki?
Comme Littré, doit-il les honneurs de son trône,
Dont le siège est formé d'une peau de gorgone,
Aux vieux lémuriens, fils de l'on ne sait qui?

Conte-nous ses hauts faits! Le traité de Versailles
L'a-t-il mis glorieux, dans ces fières murailles,
Qui devraient n'enchâsser que les perles de l'art?

— « Ce sont ses vers, ami! Ce poême sublime,
« Qui sillonna d'éclairs notre horizon blafard,
« *Psukè*, l'a fait surgir à cette haute cime! »

LES QUARANTE

—

VIII

Excellent Jean Dumas, puisque tu sais si bien
Nous dévoiler comment s'entrouvre le Cénacle,
Ne pourrais-tu donc pas dire par quel miracle,
Lemoinne se surprit académicien ?

*   *
*

Lui-même n'a-t-il pas, ce brave citoyen,
Ecrit quelque *Psukè*, délicieuse macle,
Qui surnage les temps et se rive au pinacle ?
— « Voudrais-tu plaisanter ? Moi, je n'aperçois rien.

*   *
*

« J'ai beau braquer aux cieux l'invincible lunette
« De mon céleste ami, l'étonnant Leverrier,
« Je ne vois même pas la plus mince sornette.

*   *
*

« Ah ! pardon, m'y voici, je lis dans son casier,
« Car nous avons chacun, un coin dans une étoile,
« Que pour tous les partis, il a gonflé sa voile ! »

LES QUARANTE

—

IX

Avant que je te quitte, aimable Jean Dumas,
Dis-moi, si tu veux bien, quel est ce beau poète,
Au nuageux regard, à l'imposante tête,
Qui chante parmi ceux qu'un jour tu parfumas.

***

Est-ce un de ces oiseaux qu'ainsi tu résumas :
« Plume, riant aux morts, pleurant aux jours de fête,
« A la ligne vendant quelque chef-d'œuvre bête, »
Prise sur un oison que jadis tu charmas ?

***

— « Non, ne le confonds point, avec un de ces rustres,
« Parcequ'on parle d'eux qui se rêvent illustres,
« Et ne sont au total, que des sots couronnés.

***

« Esprit, âme, talent, par Dieu furent donnés,
« A ce rimeur béni, dont la voix glorieuse
« Du tendre Lamartine est l'ombre harmonieuse. »

LES QUARANTE

—

X

Dufaure est, je l'avoue, un rare champion :
Toujours prêt à porter le joug de la Patrie,
Il subit les honneurs, sans fausse pruderie
Et gonfle vaillamment sa noble ambition !

⁎

Député, sénateur, notre admiration
Accable de bravos sa parole aguerrie !
Quand on a comme lui cette verve nourrie,
On doit faire trôner son abnégation !

⁎

Les malins ont blâmé le dévoué ministre
D'avoir été contraint, ainsi qu'un simple cuistre,
A briguer un fauteuil, sans titre magistral.

⁎

Sottise ! Un avocat est de tout équipage ;
Apte à tout ! Espérons qu'à sa dernière page,
Ce caton signera : Connétable — amiral !

LES QUARANTE

—

XI

Un chaud soir de juillet je parcourais la lande,
Ecrasant, sous mes pieds, le sable et les cailloux ;
Dans ces déserts hantés des renards et des loups,
Nulle fleur n'étalait sa poétique offrande !

* * *

Des touffes de fragons, de ronces, de lavande ;
Quelques genévriers, quelques sauvages houx,
Dans ces lieux désolés se donnant rendez-vous,
Semblaient orner le sol, comme par contrebande !

* * *

Tout-à-coup, étonné, je vis un dahlia,
Qu'à cette aride terre un démon allia,
Dérouler à mes yeux sa magique merveille !

* * *

« Dis si l'Académie et le brillant Feuillet,
« N'offrent pas un contraste au moins aussi complet ! »
Sifflait, dans un buisson, un merle à mon oreille !

LES QUARANTE

—

XII

Aux conseils de l'empire, appelé dans son erre,
Devait-il l'engloutir ou le glorifier ?
Montait-il au pouvoir pour le mieux foudroyer ;
Et mieux étrangler l'aigle aux éclats du tonnerre ?

*
* *

Ministre de la paix, fécondait-il la guerre,
Ce foudre de bataille au rameau d'olivier ?
Fut-il trompeur, trompé, niais ou fin limier ?
Problème ténébreux, qu'on ne résoudra guère.

*
* *

Bavard, au cœur léger, un matin tout puissant,
Ce grand homme d'état devina que la palme,
Ornerait à ravir son frac éblouissant ?

*
* *

Il s'assit en vainqueur et reçut, avec calme,
Vos bravos ampoulés, vos acclamations :
Pères de notre chute et des invasions.

2.

LES QUARANTE

XIII

Celui-ci, quel est-il ? Chrétien ? Libre-penseur ?
Ami des libertés ou partisan du glaive ?
Il caresse l'Eglise, il épouse Genève ;
Du public modéré s'affirme défenseur.

Est-ce un ambitieux, misérable danseur,
Mendiant les bravos des faubourgs, sur la grève ?
Est-ce un homme, un héros, un chiffre, un mythe, un rêve ?
De quel nom désigner cet habile encenseur ?

Du parfait inconnu, resplendissant exemple,
Il a su marier des milliers d'ennemis,
Et faire de leur âme un superbe salmis.

Ses palmes, ses lauriers, dont la moisson fut ample,
Au sommet des honneurs l'ont rapidement mis ;
Et le bourgeois vénère un sage dans son temple.

LES QUARANTE

—

XIV

Il faudrait un Œdipe en face de vos Sphinx ;
Excellent Jean Dumas, comment trouver ma route ?
Je vogue sans boussole et siffle dans le doute ;
Eclaire mon chemin de ton regard de Lynx.

***

— « Je n'ai point de rancune et j'offre mon larynx,
« Pour te guider ici... Silence, arrête, écoute !
« Vois-tu ce petit père, infatigable croûte,
« Qui, depuis soixante ans, fait gémir sa syrinx ? »

***

— Je l'entends, quel est-il ? — « Fils de la Béotie,
« Il ne doit son fauteuil qu'au nom de ses aïeux,
« Qui firent galoper sa poussive ineptie ;

***

« Journaliste empesé, gourmé, sentencieux,
« Il n'enfanta jamais que des mots captieux ;
« Et notre Aréopage a retrouvé sa scie ! »

LES QUARANTE

XV

« Le somnolent Cénacle, en proclamant Sardou,
« Pouvait-il fêter mieux que sa facile plume,
« Baisant avec amour le fer de son enclume,
« Dont elle éteint l'éclair, sous un flot d'amadou !

***

« Si sa muse est légère, et court le guilledou,
« Avec les *Diables noirs* trop souvent se remplume,
« Ou dans quelque *Taverne*, en se grisant, s'allume,
« Elle voile son front d'un gracieux padou !

***

« Pour notre maigre temps ne soyons pas sévère !
« Les braves immortels surent dûment choisir,
« En votant ce bourgeois que le public révère !

***

« Le malin *Rabagas*, désopilant trouvère,
« De son balcon, si bien, charma notre loisir,
« Que nous ne devions pas l'y laisser se moisir ! »

LES QUARANTE

—

XVI

Savant, raconte-nous, pourquoi le grand Barbier,
Rasa si noblement cette muette *Idole*,
Dont les bronzes éteints dédaignent la parole
Des crapauds qui jadis se cachaient au bourbier ?

** * **

Raconte-nous, pourquoi ce puissant canonnier,
Sans crainte, mitrailla dans notre métropole,
Les vampires suçant les veines du pactole,
Dans le sang de Juillet et son rouge charnier !

** * **

Dis-nous surtout pourquoi, la royale canaille
Ne trouva que velours sous sa griffe d'airain,
Quand tout était broyé comme un fétu de paille !

** * **

— « Lorsqu'un barde, sans or, dans ce temple serein,
« Veut faire avec la gloire, un beau matin, ripaille,
« Il lui faut caresser le *Lion* Souverain ! »

LES QUARANTE

—

XVII

Quand les rayons de plomb de l'astre de Juillet
Consument dans les champs la nature épuisée,
Qu'à leur brasier fougueux notre âme est embrasée,
Savant! nous rendras-tu le froid le plus complet!

— « Quand la neige en hiver est partout irisée,
« On fuit ses aiguillons sous un chaud mantelet ;
« On caresse son âtre. Un moëlleux bourrelet
« De la brise défend la porte et la croisée.

*
* *

« Mais pour créer le givre aux feux de thermidor,
« Que d'essais détrônés, roulent dans la poussière :
« Le sel est rococo ; le vide ? Est-ce un trésor ?

*
* *

« Veux-tu t'envelopper d'un souffle de glacière,
« Malgré l'ardent soleil lançant ses flèches d'or,
« En plein simoun, écoute un discours de Mézière! »

LES QUARANTE

—

XVIII

Cher savant, si Mézière est un froid acrobate,
Que penseras-tu donc de René Taillandier?
L'as-tu pour ton malheur ouï psalmodier,
Ses discours congelés, avec sa voix de chatte ?

***

Quelle douche on reçoit de ce limonadier
Quand du haut de sa chaire, étonnant polymathe,
Sa neigeuse faconde en linceul se dilate
Sur les fronts des penseurs venus étudier !

***

Parcours, si tu le veux, les lignes des *deux-mondes ;*
Du pôle sud au nord, de l'aurore au couchant,
Fouille profondément les terres et les ondes !

***

Les plaines et les mers, les monts ou leur penchant,
Ne feront pas jaillir, sous le fer de tes sondes,
Phraseur plus glacial, sophiste plus tranchant !

LES QUARANTE

—

XIX

Comment donc les Quarante ont-ils voté Caro ?
Un rude combattant, un fils des catholiques ;
Quand les libres-hâbleurs sur lui criaient haro !
Comme ils ont dû, ce jour, être pris de coliques !

*** *

Il fallait pour le coup qu'un traître caligo,
Leur voilât les deux yeux, à tes savants auliqu. !
Pourtant ce n'était pas un orgueilleux pongo ;
Son bagage valait mieux que des bucoliques.

*** *

Avec lui, parmi vous, planait l'âme de Dieu,
Etrangère, dit-on, chez les cercopythèques :
Dût-il rire vraiment, en ce rare milieu !

*** *

— « Mais, pourquoi t'étonner ? Dans nos bibliothèques
« Le hasard ne met-il parfois un bon écrit,
« Noyé dans le fatras de livres sans esprit ! »

LES QUARANTE

—

XX

« C'est ainsi que Rousset trompa l'Aréopage :
« Il avait aussi tout, pour ne point être pris :
« Sertisseur de joyaux sans blague et sans tapage,
« De la riche sottise, il connaissait le prix !

* * *

« De la première ligne à la dernière page,
« Le vieux bon sens français chante dans ses écrits ;
« Le sang gaulois jaillit, sans frauduleux cépage,
« D'un cœur qui n'est pas né d'un docte callitrix.

* * *

« Il est déshérité de la vaste faconde,
« Qui fait croire aux badauds qu'une plume est féconde,
« Et qu'elle va peupler un globe de héros.

* * *

« Il ne possède pas ces allures de prince,
« Qu'affectent parmi nous les plus petits zéros,
« Lorsque sur un journal leur stylet rouillé grince ! »

LES QUARANTE

—

XXI

« Celui-ci pour le coup est un auteur puissant !
« Son crayon délicat, d'une marche assurée,
« A décrit une image, en son temps admirée,
« De l'exode du roi, de nouveau florissant !

* * *

« Vingt tomes burinés, de ce trait ravissant,
« Qu'enfantera toujours une plume dorée,
« Ont à peine tari la verve mesurée
« Du sublime écrivain, conteur éblouissant !

* * *

« Quelle *actualité !* que Salviac sait plaire !
« Quel œuvre *réussi !* quelle noble torpeur !
« Qu'il vogue fièrement, sans reproche et sans peur !

* * *

« Comme l'on conçoit bien que le Vocabulaire,
« Devait majestueux, sous son doigt tutélaire,
« S'avancer d'un pas lent, inconnu du *vapeur !* »

LES QUARANTE

—

XXII

« Encore un professeur, encore un nouvelliste ;
« Ces titres lui donnaient droit de cité chez nous.
« C'est le plus pur joyau de notre noble liste ;
« Poète, épargne lui tes sifflets et tes coups.

« Il ne faut pas penser, bien qu'on soit journaliste,
« Que l'on est pour cela digne de ton courroux ;
« Je possède un ami, remarquable analiste,
« Qui sut en compter deux méritant d'être absous.

« S'il avait bien fouillé le tuf académique,
« Un troisième eut surgi de ce sol anémique :
« Un vainqueur des concours, fils du tableau d'honneur !

« Habile cavalier, et domptant le bonheur,
« Fleury nous fit sucer du grec avec ivresse,
« Saturant de latin ses livres et la presse ! »

LES QUARANTE

XXIII

« Encore un nouvelliste, encore un professeur! »
— Assez, de grâce, assez, mon bon Dumas oublie,
Pour un jour moins heureux, gratte-feuille et fesseur!
N'as-tu donc plus de vin, que tu m'offres ta lie ?

* * *

Quoi, sommes-nous chinois au point qu'un vrai penseur
Soit phénix introuvable au temple de Thalie ?
Tantôt, je m'en souviens, tu t'es fait défenseur
D'au moins deux gazetiers, à la plume accomplie ;

* * *

Je t'en abandonne un, l'autre me suffira,
Est-ce un douc que Littré pour sa gloire engendra ?
— « C'est assez plaisanter l'écrivain que je vante !

* * *

« C'est un homme ; et son front par l'âge dégarni,
« Abrite un beau talent, fils d'une âme savante,
« Et, bien que journaliste, on aime Champagny. »

LES QUARANTE

—

XXIV

Mais puisque l'on voulait du grec et du latin,
Pourquoi ne pas construire un Cénacle archaïque,
Où tous les professeurs viendraient chaque matin,
Offrir à Jupiter un encens alcaïque ?

En l'honneur de Vénus, à la peau de satin,
Ils sertiraient dans l'or l'aimable trochaïque,
Et couronnant de fleurs le front d'une catin,
Ils feraient roucouler leur tendre choraïque !

Leurs vers étincelants feraient pâlir Platon,
Qui verrait, devant eux, fuir sa gloire éphémère ;
Et leur philosophie étonnerait Caton !

Nous aurions là Boissier, dérision amère !
Coiffant de son dédain, digne au moins du baton,
Ce niais de Virgile et ce maraud d'Homère !

3.

LES QUARANTE

—

XXV

Quoi ! vous vous étonnez que l'Europe attentive
Burine sur l'airain : « Le Gaulois est pourri ! »
Lorsque du gazetier la plume impérative
Arrache de vos seins des bravos de lori !

*

Quand le rire moqueur, la sournoise invective,
Le refus dédaigneux, le sanglant pilori,
Persiflent les accents de la muse plaintive,
Du poète brisé, le cœur endolori.

*

« — De Belfort à Quimper, de Marseille à Péronne,
« Son œuvre réussi, pour être consacré,
« Peut narguer les rayons que notre voix patronne.

*

« Loin de nous le sot meurt ; Monsieur Blanc enterré,
« Sous le linceul des temps pourrirait ignoré,
« Si notre heureuse main n'eût tressé sa couronne ! »

LES QUARANTE

—

XXVI

Eclaire ce problême, aux feux de tes flambeaux :
Vous êtes divisés, en deux parts inégales :
D'un côté : Rubis, or, désespoir des ribauds ;
De l'autre : Faux bijoux et perles illégales !

* * *

Explique-moi quels sont ces poètes si beaux,
Aux chants mélodieux, que d'encens tu régales ;
Mais pourquoi par ici, siflles-tu ces corbeaux,
Que toi-même, tout bas, à des coucous égales ?

* * *

— « Veux-tu le premier clan ; celui des gens d'esprit ?
« Chasse le gazetier, écarte le ministre ;
« Supprime l'avocat, le seigneur et le cuistre !

* * *

« Que ce qu'il restera, soit de ta main inscrit,
« Au livre du lettré, par les niais proscrit :
« Tu graveras Augier sur l'opulent registre ! »

LES QUARANTE

—

XXVII

« Veux-tu le second clan ? Celui des ténébreux !
« Tu n'y verras ni fleurs : Œillet, jasmin ou rose ;
« Ni rossignol charmant, d'un gosier vigoureux,
« L'odorant citronnier, ou l'éclatant laurose ;

*_**

« Ni saphir, ni grenat, ni rubis chaleureux !
« La perle se ternit à leur fade exerrhose !
« Le stras gouverne en roi l'empire de ces preux,
« Aux veines distillant la verte couperose !

*_**

« Ote l'homme d'esprit, supprime le lettré,
« Dont l'âme parle haut, dont le cœur énivré,
« Vibre aux divins accords, comme aux chants de la terre,

*_**

« Ce qu'il te restera, ce n'est plus un mystère,
« Au livre des malins doit-être célébré !
« Burine Duvergier sur ce tome adultère ! »

LES QUARANTE

—

XXVIII

« A la bonne heure, ami, parle-moi de Marmier,
« On en voudrait quarante ainsi dans le concile ;
« Il n'éclipse personne, aux cases du damier,
« Où s'agitent fou, roi, cavalier indocile !

* * *

« Il n'offre pas le front orgueilleux du palmier ;
« Il est tout ce qu'il faut ; sa pensée est facile ;
« Dans l'écrin littéraire il n'est pas le premier,
« Comment lui refuser un honorable asile !

* * *

« Nous sommes ses égaux : On sent en le voyant,
« Qu'on pourrait comme lui toute une heure broyant,
« D'ondulantes couleurs, charmer plus d'une oreille ;

* * *

« Nous avons savouré le doux suc de sa treille,
« Sans que jamais l'envie, aux yeux voilés d'effroi,
« Ne sonnât dans nos cœurs son désolé beffroi ! »

LES QUARANTE

—

XXIX

« Rivarol, écrivain, surfait par son époque,
« Noble autant, pour le moins, qu'un vieux capétien,
« Devait être à ce titre académicien.
« Son talent méritait cet honneur équivoque!

[*]

« Il prétendait ce comte en son style baroque!
« Que l'on devait à ceux qui n'ont fait jamais rien,
« Dix chaises seulement, leur donnant le moyen
« De battre, comme il faut, en tout temps la breloque.

[*]

« Lorsqu'on est grand seigneur, on est cousin des loups !
« Je te le dis tout bas, loin des esprits jaloux,
« De crainte que ce mot, ami, ne leur déplaise.

[*]

« Broglie aspirant à la gloire et ses glouglous
« Et croyant s'étaler, sur un fauteuil, à l'aise,
« Se campa crânement sur une horrible alèze! »

LES QUARANTE

—

XXX

N'avez-vous pas encore assis Monsieur de Noaille,
(Car lui-même il est duc), sur un beau tabouret ?
Pour les communs mortels, ce n'est pas un secret,
Qu'il écrit beaucoup mieux qu'un épagneul qu'on fouaille!

* * *

Et si vous admettez tout homme de sa taille,
Dans vos ais trop étroits nous aurons le regret,
Nous qui jetons chez vous un regard indiscret,
De voir de lourds esprits gonfler votre futaille.

* * *

— « Pourquoi cribler ainsi, de gros coups de marron,
« L'auteur tant admiré de la femme à Scarron,
« Qui chante cette nymphe en style académique ?

* * *

« Après tout ce n'est pas sur sa plume anémique,
« Que doit de tes lazzis galoper l'escadron.
« Veux-tu siffler l'auteur ?... Prends ce flacon chimique. »

LES QUARANTE

—

XXXI

Parle-moi de Mignet. — « C'était l'ombre de Thiers.»
— Fort bien, mais n'a-t-il pas fait sa petite histoire,
En style libéral, obscur, déclamatoire ;
Dont les gaulois dit-on devraient se trouver fiers ?

— « C'était l'ombre de.... » Assez! l'on dit que les hivers
Ont passé sur son front, sans que son écritoire
N'ait jamais remporté quelque noble victoire
Qui projette un rayon sur nos songes divers.

— « C'était l'ombre .... » Parbleu! mais votre académie,
N'est pas pour son talent une dure ennemie,
Puisqu'il a parmi vous su se frayer accès.

La justice chez vous serait-elle endormie
Au point de méconnaître ainsi l'esprit français ?
— « C'était l'ombre de Thiers. » — Vive alors le succès!

LES QUARANTE

—

XXXII

— Celui-ci fit un livre. — « Avant lui, mille et mille,
« En ont écrit de beaux, sur de charmants sujets,
« Qui, d'être parmi nous, ont eu de vains projets ;
« Leur chef-d'œuvre à zéro toujours les assimile. »

***

— N'est-il pas comte aussi ? Pour lui c'était facile,
D'éviter de vos voix les ennuyeux rejets.
— « Cent comtes, marquis, ducs, seraient-ils les objets,
« Malgré leurs parchemins, d'un vote aussi docile ? »

***

— Mais quand on est ministre, il faut-être farci
De funestes destins pour faire un pied de grue !
— « Tant le sont de nos jours qui restent dans la rue ! »

***

— Par quel miracle alors votre assemblée, ici,
A-t-elle couronné cette aimable recrue ?
— « De Falloux fut jadis lauréat à Poissy ! »

LES QUARANTE

—

XXXIII

Un jour, l'Académie, entre deux écrivains,
Juste de même poids, ne prit pas sa mitaine,
Pour dûment souffleter notre vieil ami Taine,
Et lui dire bien haut qu'il fit des écrits vains !

* * *

Quoi donc détermina leurs différents destins ?
Leurs travaux si prônés passaient la cinquantaine ;
Ils avaient tous les deux, d'amis une centaine ;
Leurs succès ne sont pas, je pense, clandestins !

* * *

Pour les Chrétiens, tous deux, sont pleins d'intolérance,
Chacun d'eux fièrement avec irrévérence,
Fustigea le bon Dieu qui dût être étonné !

* * *

L'un comme l'autre fut de vos mains couronné :
Conte-moi le motif de votre préférence.
— « Martin, dans l'athéisme, est resté cantonné ! »

LES QUARANTE

—

XXXIV

Tantôt l'Académie est le brillant Thabor,
D'une plume qui peut avoir table opulente;
Tantôt c'est un vieux nom, éloquent tambor,
Qui coiffe la sottise et vainqueur nous supplante !

*
* *

Un blanc, un bleu ministre, un fils de Thermidor,
Facilement aura les charmes d'Atalante,
Qu'il saura bien réduire, avec des pommes d'or,
Si sa main indocile, à céder est trop lente :

*
* *

Mais le barde Sandeau, d'un mérite assuré,
N'est point homme d'état, prince ou millionnaire;
Par quel hasard, chez vous, s'est il vu toléré ?

*
* *

— « C'est un de ces auteurs, qu'un sylphe débonnaire,
« Conduisit dans ce lieu, par les sots censuré,
« Et qu'on n'y devrait voir entrer qu'octogénaire ! »

LES QUARANTE

—

XXXV

— « Ce n'est pas le hasard qui fit de Legouvé,
« Un de nos frères d'arme, invaincu dans la lutte,
« Fils d'un illustre père, au talent éprouvé,
« Il fut bercé, dit-on, au doux son de la flûte.

***

« Ses sentiers ferrés d'or, le fait est bien prouvé,
« Alors qu'il chancelait, endormait la culbute ;
« Ecrivain, professeur, jamais nul n'a trouvé,
« Moins que lui, de cailloux, où notre pied se bute.

***

« Ecoute, quand il lit des vers de mirliton,
« Qu'il nous donne toujours, pour quelque chant céleste,
« Avec quel art il fait valoir un avorton !

***

« Tranquille il vient vers nous ; aucun ne le moleste ;
« Il gagne la bataille, en vaillant rejeton....
« Car il est à l'épée admirablement leste ! »

LES QUARANTE

—

XXXVI

— « Dans le registre d'or, où le talent s'inscrit,
« Tu graveras Doucet, d'une main assurée :
« Ses joyaux sont fondus, toujours avec esprit;
« La ciselure est fine et la coupe épurée.

* * *

« L'on aime son *Baron*, que lui seul eût écrit!
« Près de son *Avocat*, quelle joie azurée!
« Et son *Fruit défendu* n'est pas du tout proscrit;
« Sur lui plane le temps, lui promettant durée! »

* * *

— Mais, pourquoi donc est-il assis dans ton palais ?
Chaque fois qu'au repas, un barde a quelque miette,
Je tombe de mon haut l'âme toute inquiète!

* * *

— « Ecoute! Qui n'est duc, ne plaît à nos valets
« Et ne se voit muni d'une opulente assiette,
« Que s'il sût, du théâtre, éviter les sifflets! »

LES QUARANTE

—

XXXVII

— « C'est ainsi que Dumas, dont le grand nom m'opprime,
« A su forcer la main des plus récalcitrants. »
— Il avait du mérite. — « Oui! c'était là le crime,
« Qui devait l'éloigner, à jamais de nos rangs. »

* * *

— Son immoralité! Fallait-il d'autre prime,
Pour qu'à ses justes vœux vous fussiez déférents ?
— « Tu le crois ?... Ses écrits, s'il faut que je m'exprime,
« Envers Dieu n'étaient pas assez irrévérents.

* * *

« Un Renan, un Littré, bravant la chose sainte,
« Feront asseoir ici leurs superbes fatras ;
« D'eux-mêmes, nos fauteuils leur ouvriront les bras!

* * *

« Mais Alexandre, lui, je le redis sans crainte,
« Malgré tout son talent, eut été fauché ras,
« S'il n'avait, du théâtre, exploité la contrainte! »

LES QUARANTE

—

XXXVIII

Bravo, savant! Je ris, à sa réception,
Quand d'Haussonville, un soir, nous fit une surprise.
J'ai cru perdre un moment la respiration,
Devant le ton naïf, qui le caractérise!

La perle la plus pure, un jour d'ambition,
Demande-t-elle un choix qui la popularise,
Vous lui contez, tout bas, que sa prétention
Doit s'en aller au bois, chanter encor la brise,

Parbleu, si c'était l'huître, où le pêcheur la prit,
Comme on acclamerait sa rugueuse muraille,
Qu'on égalerait vite au joyau qu'on chérit!

Ce comte est trop candide ; il est beau quand il raille !
A-t-il jamais rêvé, que votre voix s'éraille,
A couronner un front, pour un sublime écrit ?

LES QUARANTE

XXXIX

La vieille Académie, au souffle des hivers,
Comme une pomme chiche est toute décrépite ;
A peine si son cœur sournoisement palpite,
Et son œil est voilé par trente abat-jour verts !

Sur sa nuque retombe en pointe hétéroclite,
Son noir bonnet de laine, éraillé par les vers.
Et Piron eut chanté, dans quatre jolis vers,
Son nez, que chaperonne un binocle insolite !

Un cornet acoustique emboîte son oreille,
Lorsqu'un ami grivois gazouille en chevrotant,
L'un de ces doux propos qu'on se dit sous la treille !

Ah ! qu'elle est belle ainsi ! quand son corps tremblottant,
Trottine au rendez-vous, en robe de futaine,
Et le bras tendrement pressé par la mitaine !

LES QUARANTE

—

XXXX

En voilà trente-neuf!... Mais le dernier, la crème ?
Il existe pourtant... Où diable est-il caché ?
Montre-moi ce grand homme, ou je m'enfuis fâché !
Cher savant, résous-moi, ce dernier théorème.

* * *

Pense! De votre dôme, il est la clé suprême!
— « Tiens! Regarde là-haut! A ses pins arraché!
« Ce superbe sajou par la queue attaché! »
— Qu'il est beau! C'est Renan! Quelle souplesse extrême!

* * *

— « Admire-le donc bien, cet ami du gingo,
« Que nous a procuré le vote anti-biblique!
« Trois candidats sonnaient à notre république :

* * *

« Un poëte, un cayou, de plus un hidalgo :
« Un rimeur? Allons donc! Un duc? C'est trop aulique!
« Le singe fut admis, parmi nous, tout de go! »

LES QUARANTE

—

A JEAN DUMAS
Remerciements

Aimable Jean Dumas, que je te remercie!
Sans ton coup d'œil de lynx, ma lyre et mon sifflet,
Que tu voulus dorer de ton savant reflet,
Dans des chemins peu sûrs, seraient morts d'asphyxie.

Mon guide vénéré, mon maître, mon messie,
Ton habile silex aiguisa mon stylet;
Je puis dire, avec toi, l'omnibus est complet:
Et mon œuvre te doit, d'être assez réussie.

Et, par Dieu! Je le pense, en parfaite candeur,
J'admire au premier chef ta juvénile ardeur,
Ton superbe talent, à mimer la nature.

Tu mérites vraiment, j'en atteste les cieux,
Que le pays ajoute, honneur malicieux,
A tes doctes fauteuils, celui de la peinture!

LES GUÊPES

EUTROPE

—

Un célèbre consul, aux esprits despotiques,
Devant Arcadius, son modeste empereur,
Critiquait, un matin, l'étonnante fureur,
Que l'homme a d'enfanter des êtres rachitiques!

— « Ceux-ci font des pieds-bots ou des paralytiques,
« Des boiteux, des bossus, dont nous avons horreur;
« Ceux-là, des idiots, qui sont notre terreur,
« Des borgnes, des crétins ou des apoplectiques. »

***

Il n'épargnait personne; à l'entendre, le jour
N'était jamais donné, dans ce charmant séjour,
Qu'à des monstres parfaits, d'en bas jusqu'à la nuque.

***

Son maître était ravi, plein d'admiration :
— « Pourquoi n'aides-tu pas à leur création?
« Tout irait mieux! Dit-il. » — « Moi? Mais je suis eunuque! »

13 Décembre 1878.

CUPIDON SÉNATEUR

—

Un sénateur orné de sept fois dix hivers,
Doux et blond chérubin, un peu hors de service,
Ne possédant au cœur le moindre petit vice,
Fut par un électeur accosté dans ces vers :

***

— « Vous seul pouvez, Monsieur, réparer mes revers.
Ma retraite est sonnée ; il faudrait que je visse,
Un bureau de tabac où votre doigt me visse,
Pour combler mes besoins, grands comme l'univers !

***

— Vous êtes marié ? — Mon épouse, à la vie,
De bénir votre main comblera son envie.
— Vous pouvez espérer ; vous êtes sous le vent !

***

De combien d'ans, j'y pense, est-elle enjolivée ?
— Comme moi de cinquante et douze par devant.
—Ah!... Diable... Nous verrons... Fichtre!... Elle est bien grevée !

CRITIAS

—

L'autre jour Critias, cet opulent monarque,
S'amusait à jouer avec tous ses valets;
Dans le riche jardin de l'un de ses palais,
Il avait fait placer un élégant gonarque.

Comme sur l'Hellespont on fait nager l'amarque,
Au sort, il exposait le nom de ses sujets,
Entre chaque rayon, limite des trajets,
Que décrit le soleil et dont il est la marque.

Et lorsque le gnomon avait couvert l'un d'eux,
Tant ils étaient serrés, même quelquefois deux,
Par la marche du temps, de son ombre glissante,

*
* *

Sa bouche se tordait, avec un rire amer,
Puis, arrachant l'écrit, de sa main frémissante,
Le broyait en disant : — « Encore un à la mer ! »

LE NOTAIRE BEAUCERON

—

Ah! Monsieur le notaire, accourez, au plus vite,
Mon mari déménage et je ne voudrais pas,
Sans un bon testament, qu'il s'en vînt à trépas ;
Comme mon intérêt, le vôtre vous invite!

***

— Il neige ! Mon docteur veut qu'en ce temps j'évite,
De faire dans les champs le moindre petit pas ;
Supposes-tu que l'or ait pour moi plus d'appas,
Que ce feu, que je veille, autant qu'un saint lévite ?

***

Si le ciel s'adoucit, j'y volerai demain,
Et je travaillerai, de sorte que ta main
Soit, de tous les garçons, chaudement recherchée!

***

— Avant ce soir, la mort, dans la maison, viendra,
Et moi je serai bien, après cela, perchée!
— Mignonne, il fait trop froid; ton bonhomme attendra !

MON DOCTEUR

—

Les cordonniers, dit-on, sont les plus mal chaussés ;
Ils ont mille fois tort ; en ce temps de réclame,
Il faut que le fourreau par ses dehors proclame,
Que les engins sont bons et nullement faussés !

La valeur d'une place éclate en ses fossés ;
Quand un front est hideux, que pensez-vous de l'âme ?
Est-ce qu'aucun de nous, avec bonheur, n'acclame,
Modistes et tailleurs, par l'habit rehaussés !

Aussi, je me promets, quand ma tête malade,
Verra la mort tenter, de mon lit, l'escalade,
D'appeler à mon aide, un sage médecin ;

Je veux qu'il ait prouvé, sur sa propre personne,
Que l'heure du trépas, chez lui, jamais ne sonne,
Et qu'à cent cinquante ans, son corps est toujours sain !

UNE FILLE D'ÈVE

—

Une charmante enfant, aimable enchanteresse,
Dans le fond d'un manoir, où l'âme pourrissait,
Pour égayer l'ennui de cette forteresse,
D'un bonheur partagé, tout bas, se nourrissait.

***

Le temps était si long, si plein de sécheresse,
La duègne, nuit et jour, si fort l'assourdissait,
Que la belle, un matin, tremblante pécheresse,
Glissa dans le réseau, que l'amour ourdissait.

***

Ève eût-elle mieux fait ?... Mais lorsque la mégère
Eut compris que l'épouse était par trop légère,
Elle frémit de crainte et changea de couleur.

***

Elle voyait déjà l'éloquente moustache
Du châtelain, rugir en contemplant la tache,
Qui voilait son blason, d'une jaune douleur.

A MONSIEUR DE MARTONNE

Après la lecture de son sonnet la Perle

—

Un jour que je rêvais, dans le palais-royal,
Je vis tout battant neuf, dernier né de la presse,
Un volume attirant une tendre caresse.
— « Vite! Un livre nouveau! Quel joyeux cordial!

* * *

« De la reine d'Egypte, en me rendant l'égal,
« Votre muse voilant son âme, avec adresse,
« Comme une fiancée, à la timide ivresse,
« Me plongea tout pensif aux flots de ce régal!

* * *

« Misérable penseur! Moi qui suis moins qu'un pâtre,
« Je vais donc à mon tour, imiter Cléopâtre,
« En jetant dans ma coupe un de vos vers charmants!

* * *

« J'entre chez l'éditeur et lui montrant la vitre :
« Donnez-moi ce joyau si plein d'enchantements!
« Mais grand Dieu! Quel réveil!... La perle était une huître! »

A MONSIEUR HIPPOLYTE FOURNIER

Du Paris - Journal

—

Tous, dans votre Paris, sur des monceaux de verve,
Fondez votre fortune, au gré de vos talents ;
Les échos fascinés redisent les élans,
Qui font sécher d'envie Apollon et Minerve.

* * *

L'un gonflé par l'esprit qu'il tenait en réserve,
Comme un obus éclate, en bons mots rutilants ;
L'autre brille le soir, aux feux étincelants :
Dernier rayon fêté du regard, qui l'observe.

Celui-ci sème l'or ; cisèle des romans ;
Burine l'à propos ; enchâsse diamans,
Saphirs, perles, rubis : Prodigue lapidaire !

* * *

Celui-là plus obscur... C'est vous, humble Fournier,
Cuit gazette, potiche, ou canard légendaire...
Ah ! Plaignez du journal le pâle chaufournier !

A MONSIEUR DUFAURE*

—

L'affreux Louis dix-huit, pour une stance plate,
Arrosa, de son or, le vicomte Hugo ;
Ce qui n'empêcha pas plus tard notre hidalgo,
De vaillamment frapper le Bourbon de sa latte !

* * *

Napoléon, épris d'un poète écarlate,
Fit pleuvoir notre argent sur son crâne, à gogo ;
Le rouge est devenu de la sorte indigo :
L'âpre barde a courbé sa prudente omoplate !

* * *

Couronnant ma fierté ! Vous Mécène immortel,
Pour un malin sonnet, qui vous a déplu tel,
Vous écornez mon pain, d'une main libérale !

* * *

Ma trompette aurait dû, bien faire retentir,
De vos savants écrits la verve magistrale,
Vos talents, vos vertus... Las ! Je ne sais mentir !

* Monsieur Dufaure est un des trois académiciens qui m'ont renvoyé
les Girondins, sans même l'avoir coupé. — Il est vrai qu'à cette époque
c'était mal porté de chanter des républicains. Les deux autres sont Nisard
et Guizot comme nous l'avons dit ailleurs : Nous ne sommes plus au
temps de Mécène.

PROMENADE

—

Un jour que dans Paris, j'allais, rêvant, perdu,
J'aperçois une porte, où riait une clinche ;
Je lève le loquet et je vois un vieux pinche,
Qui lustrait un soulier, pour lui fruit défendu.

* * *

Tout était pêle-mêle ; au mur était pendu,
Vide de son poisson, une espèce de seinche ;
Mais l'animal toujours faisait marcher sa guinche,
Et j'étais près de lui sans qu'il m'eût entendu.

* * *

J'étais émerveillé ; j'en avais le vertige :
Quelle adresse il avait à lustrer chaque tige,
Mieux certes que n'eût fait un savant cordonnier.

* * *

Je pensais à Littré : Si le malin compère,
En ce moment m'eût dit : « Regarde, c'est mon père! »
Ce n'est vraiment pas moi, qui l'aurais pu nier!

XANTHIPPE

—

Socrate, l'autre jour, n'était-il pas souffrant ?
Il paraissait avoir la tête boursouflée ;
Une vessie est telle alors qu'elle est gonflée,
Qu'elle rase le sol à peine l'effleurant.

— Lui ? C'est du Parthénon, au soleil se dorant,
Un pilier qui soutient la frise ciselée ;
C'est Hercule vainqueur, sur les murs d'Héraclée ;
C'est Atlas qui se rit du ciel, en l'éventrant !

Malade, mon époux, Dieux puissants! Une tache,
Quelquefois, sur son front, dix minutes s'attache,
Son visage rougit un jour ou deux, voilà!

Son œil taquin s'éclipse et son crâne se pèle ;
Pour le narguer l'on dit : Coquin d'érysipèle !....
Il n'en mourra jamais : Je n'aime pas cela !

SOUVENIR DU COMICE AGRICOLE DE CHALONS
A M. E. LE ROY

Ancien séminariste, rédacteur en chef du Progrès, en remercie-
ment des gracieuses attentions qu'il a eues pour moi.

—

Châlons est tout en liesse, au grand jour du Comice :
Fruit, graine, fleur, légume, admirable instrument,
Plantureux animaux, désespoir du gourmand,
Étalent radieux leur joie et leur caprice.

***

Mais admirez surtout dans la vaillante lice,
Cet oiseau qu'un jésuite, œuvre de dévoûment,
Apprivoisa, nourrit, pour notre ébattement...
Chut! Voici le conseil; il rit avec malice!

***

Ainsi que doit le faire un chantre du Progrès,
Aux regards du Préfet, qui piétinait sur l'herbe,
Le poulet minaudant fit valoir ses attraits ;

***

Dit du haut de sa roue, avec un ton superbe :
— « Offre-moi, citoyen, le plus gros de tes dons, »
« Vois-tu, je suis le roi, le beau roi des dindons! »

3 Juillet 1877.

SOYEZ BONNE

A Madame ***

—

Avec votre velours, vos roses, vos dentelles,
Vos dents et vos cheveux payés écus comptants,
Vos perles, vos joyaux, vos tissus éclatants,
Votre cou, votre front, ruisselants d'étincelles ;

*
* *

Vos doucereux discours, vos câlines prunelles,
Votre touchante voix, vos attraits excitants,
Votre naïf regard, vos refus irritants,
Vos aveux calculés, vos airs de jouvencelles ;

*
* *

Vos sublimes quartiers gravés sur parchemins,
Vos splendides châteaux, qu'on voit de cent chemins,
Vos jardins enviés, d'où le plaisir rayonne ;

*
* *

Vos salons, vos boudoirs, vos somptueux repas,
Vos bals où le bonheur ne se repose pas,
Qui donc vous aimerait, vous qui n'êtes point bonne ?

SÉZANNE

—

Enivrante grenade, ouverte à l'Orient,
Du versant de ses monts, corolle gracieuse,
Sézanne épanouit, gerbe capricieuse,
Ses maisons qu'enveloppe, un boulevard riant.

* * *

L'église, d'où les cœurs ont fui, s'expatriant,
Elance vers le ciel, sa tour silencieuse ;
Fier pistil de granit, d'où l'âme soucieuse
Aime à rêver de l'âge où l'homme allait priant !

* * *

Le soir, quand tout s'endort : Cité, faubourg, campagne,
Quand ton parfum s'envole au vent de la Champagne,
Noble fleur entre cent, que ton sommeil est beau !

* * *

Prends garde ! Eveille-toi ! Sur ton rouge pétale,
Une chenille rampe et se gorge et s'étale,
De tes rares beautés devenant le tombeau !

1er Mai 1878.

A MONSIEUR ✱✱✱
Architecte, officier d'Académie

—

C'était un jour de foire, au Champ-Benoist ombreux,
Un piquet retenait, autour de lui, seize ânes,
De ces baudets malins, qu'en août, nos paysannes
Aiment à promener sur les sentiers poudreux.

Ils étaient tous savants : Problêmes ténébreux ;
Insolubles rébus, tortueuses chicanes,
Ils savaient éclairer les plus sombres arcanes ;
Nul secret ici-bas n'était fermé pour eux !

✱ ✱ ✱

Un blond palefrenier lustrait leur rouge croupe,
Les charmait de la voix, les flattait de la main,
Embrassant du regard leur rutilante troupe !

✱ ✱ ✱

Puis tout-à-coup s'ouvrant, vers la bûche, un chemin :
Je vous couronne tous, leur dit-il, avec calme ;
Et mit sur ce bois rond, une superbe palme !

A MADAME ***

Qui à l'âge qu'il vous plaira

—

Par nos langues toujours la foule est abusée,
N'ayez donc pas souci des *cancans* des salons
Plus que du léger sable écorchant vos talons ;
La médisance vit, le vol d'une fusée !

Vous ne l'ignorez pas, intrépide rusée !
Vous, qui savez, comblant de désastreux vallons,
Dérober aux jaloux ces lugubres jalons
Qui diraient sottement que la gloire est usée.

Vite ! Que votre éclat, sous une habile main,
Renaisse avec le blanc, le riz et le carmin,
Oubliant pour un soir ses rides indiscrètes !

Que votre corps baigné dans des flots de senteur,
Dérobés aux pistils, par un art imposteur
Masque à notre odorat ses effluves secrètes.

AUX CROYANTS

Le cadavre n'est plus qu'un temple d'où le dieu
A dit, aux assistants, un éternel adieu ;
Lui rendre quelque hommage est de l'idolâtrie,
C'est adorer un corps promis à la voirie.

Que peut nous importer quel sera le milieu,
Où vous le placerez quand nous irons au vœu
De notre âme, à jamais de ses douleurs guérie,
Réclamer les grandeurs d'une sainte patrie ?

Que le libre-penseur, qui ne se croit qu'un chien,
Illogique, vénère un bloc, qui n'est plus rien,
Qu'une chose sans nom, une immonde charogne ;

Nous, disciples du Christ, nous serons conséquents,
Nous laisserons aux vers, ces rongeurs éloquents,
Faire paisiblement leur divine besogne.

6.

LE SERMENT

AUX LIBRES-PENSEURS ITALIENS
*Qui ont refusé de prêter serment devant la cour
d'assises de Rome*

—

Vous avez bien raison! Pourquoi prêter serment?
Quand il n'est plus de Dieu, qui saura si l'on ment?
Votre âme est, par l'orgueil, tellement agrandie,
Qu'aisément, elle y peut loger la perfidie!

* * *

Bravo! C'est le progrès! Attendez un moment,
Vous allez voir bientôt votre beau dénoûment,
Si, penseur libre aussi, le juge répudie
Toute religion de sa tête hardie;

* * *

S'il trahit ses devoirs, condamne l'innocent,
Où dénicherez-vous un dogme assez puissant
Pour contraindre son cœur, à rentrer en lui-même?

* * *

Après tout, à quoi bon? L'homme, dans son tombeau,
N'est plus qu'un bloc inerte, un informe lambeau
Qui rit avec les vers, d'un tribunal suprême.

28 Octobre 1875.

A UN JEUNE AMBITIEUX

—

Tu voudrais, mon enfant, faire un brillant chemin :
Bravo! Ce n'est pas moi qui blâme ton envie ;
A ton âge, il est beau, de rêver que, ravie,
La justice de l'homme à nos droits tend la main.

* * *

C'est penser noblement, du noble cœur humain ;
Mais le sentier est dur, qui monte dans la vie ;
Et, dominant la route ordinaire suivie,
Nous fait, de la fortune, un heureux benjamin !

* * *

— « De la science épris, j'ai gravé le symbole
« Dans mon cerveau dompté... » — C'est une faribole !
Et ce n'est pas ainsi que tu t'élèveras ;

* * *

Soyons donc sérieux!... Sais-tu courber la tête ?
-- «Oui!»-- Bien... Plus bas... Parfait...-- «Mais j'ai l'air d'une bête,
« Je ne peux plus marcher. » — Naïf! Tu ramperas !

PHILOSOPHIE INDIENNE... ET PARISIENNE

Au pays des bambous, la noire mulâtresse,
Par son œil plein de feu, de longs jours l'a charmé.
De l'amour emporté c'était une prêtresse ;
A son premier regard on était désarmé!

Elle fut tout un mois son ardente maîtresse ;
Pendant ce siècle, heureux, il ne fut alarmé
Que dix ou douze fois, par la belle traîtresse,
Dont le cœur vigoureux n'était jamais calmé.

Il était philosophe, et ce serait folie
Que de vouloir trouver le bonheur absolu ;
C'est un problème obscur, encore irrésolu.

Demandez au plaisir, si la femme est jolie ?
Puis après brisez-la, comme un vain médaillon :
N'en trouverez-vous pas toujours un bataillon ?

A MONSIEUR JEAN DE LA LEUDE

Rédacteur en chef de la Plume

—

Un de ces jours d'hiver, un frère ignorantin,
En arpentant Paris aperçut la boutique
Du doux messire Jean, ce commerçant pratique :
— Il a ce qu'il me faut, dit-il, j'en suis certain.

***

Entrons chez lui !... Je veux me fournir, ce matin,
De plumes de corbeau, cet emblême mystique.
— Nous n'avons jamais eu ce produit jésuitique.
Pour qui nous prenez-vous, Monsieur le sacristain ?

***

— Eh bien! donnez-m'en donc une douzaine d'aigle.
— Que demandez-vous là ? Jamais dans la maison,
Une seule n'entra ; c'est contre notre règle.

***

— Lesquelles tenez-vous, majestueux espiègle ?
— De dinde et de bécasse, aussi bien que d'oison,
Nous en avons à vendre, ici même, à foison !

UN ENTERREMENT CIVIL

—

La nature gémit sur un de ses élus;
Le soleil a voilé sa face rutilante;
Chaque penseur ressent la perte désolante
De ce frère adoré, qu'il n'embrassera plus!

* * *

L'élite des savants, plus ou moins résolus,
Entoure sa dépouille et d'une voix tremblante,
Sur lui fait retentir une plainte dolente,
Réclamant, au destin, ses beaux ans révolus!

* * *

L'un d'eux, dans un discours chaleureux, nous retrace
La candeur, la bonté, de ce défunt de race,
Qui sut prendre en leur cœur, un jour, le plus haut rang.

* * *

— Pourquoi cette douleur, dis-je, qui vous terrasse ?
— Venez-vous du Thibet, ou bien du Saint-Laurent ?
Pour ignorer, Monsieur, que nous pleurons l'Orang!

DE LOMÉNIE*

—

« Encore un professeur. C'est un puissant eunuque
« Qui doctement enseigne à faire des enfants ;
« Vois-tu comme il frémit des pieds jusqu'à la nuque,
« Comme son crâne est beau de ses airs triomphants.

*
* *

« L'entends-tu : — Racine est une vieille perruque
« Son style est empesé, ses vers sont étouffants.
« Ses poèmes gourmés, sa passion caduque,
« Ses personnages sont de massifs éléphants.

*
* *

« Oh! si c'eût été lui, ce bon de Loménie,
« Il eût réduit le nez, il eût fendu les yeux,
« Terminé chaque membre avec plus d'harmonie :

*
* *

« Chaque doigt eût été souple et mélodieux
« Et sa plume vaudrait le levier d'Archimède ! »
— Par malheur, cher Dumas, son mal est sans remède !

---

* Ce sonnet devait faire partie des Quarante, où il portait le nᵒ XXI ;
mais, cet *immortel* étant *mort*, nous ne le donnons ici que pour mémoire.

A MONSIEUR GERMAIN PICARD

Auteur d'*un Peintre sur le Trône*

Vous demandez, malin critique,
Où j'ai fait naître *Martura ?*
Pourquoi ma main se tortura,
A forger ce nom fantastique ?

*

Dans un voyage poétique,
Désopilant et qui dura,
Du moins ma montre l'assura,
Une heure entière drôlatique,

*

J'abordai, sous un domino,
En l'île *Salamarino**,
Dans la lune, dit-on perchée !

*

La reine *Radinapoula,*
Me dit en prose recherchée :
— Vois-tu cette *enfant ?* — Chante-la !

---

* Cette île, où M. Picard fait voyager son artiste, n'existe pas sur notre planète.

NOS ECOLES

RIMES GYNIDES — PARNASSIENNES

—

> Que Ponson du Terrail sous la muraille, *raille*
> Et que, dans ton *sérail*,
> L'amante *braille*, avec un grand bruit de *ferraille*,
> Par chaque *soupirail* !
>
> THÉODORE DE BANVILLE.

Ris de ce limousin qui raide *estramaçonne*,
Me sifflait à beurre un *grand, laid colimaçon ;*
Et trottant jusqu'à lui : — *Prends l'Echo ; lis, maçon !*
Cette feuille qui jadis illus*tra ma Saône !*

[*]

— Que me veut ton journal, qui, vrai coq, *lima son*
Ergot ? — « Qu'un manant que l'orgueil *enfla, maçonne !*
\ Dans ses deux mains l'espadon qui *l'enflamma, sonne*
« Mal ! » Un blagueur l'a dit barde sub*lime à son !*

[*]

Il importe l'ami que nul ne se four*voie !*
Ne hausse point le ton, chantre qui *tord sa voix !*
Mettras-tu comme un prince un enfant de Sa*voie ?*

[*]

Caresse ton outil, fier gouja*l ! or ça ! vois,*
Qu'il ne faudrait qu'aucun ne voguât hors *sa voie,*
Ou qu'on s'empressera d'abaisser son *pavois !*

Janvier 1879.

LES DEUX MUSES

A M. le docteur Rossi

—

LA MUSE D'AUTREFOIS

Elle était ravissante; un port majestueux
Faisait souvent rêver à l'antique prêtresse;
Mais son regard mutin, humide de tendresse,
D'une mortelle avait le ris voluptueux!

***

Son pied rasait le sol; son front impétueux
Dominait dans le ciel notre humaine faiblesse,
La passion toujours gonflait, avec noblesse,
Son sein, même brûlant d'amours incestueux.

***

Nous l'avons entendue, aux concerts de Racine,
Egrener les rubis de ses riches écrins
Et chez Molière, un soir, chanter de gais refrains!

***

Mais, que son œil est beau, comme elle nous fascine,
Quand au bras de Corneille, un sublime penser
S'échappe de son âme et nous vient terrasser!

LES DEUX MUSES

A M. le Docteur Rossi

—

LA MUSE D'AUJOURD'HUI

Oh! c'est une luronne; elle n'a jamais peur,
Le gros mot, bien poissard, or courant de la halle,
Bruyamment de sa bouche, en cascadant, s'exhale,
Et peint sa chaude amour, menée à la vapeur!

Ne vous effrayez pas, si ses poings de sapeur
Epatent le crevé qui prestement détale;
Si son robuste sein solidement s'étale,
Si son pied vigoureux blague notre torpeur.

Elle sait attifer sa future charogne;
Zola brode l'habit, Barbier lui fait la trogne;
Elle gante sa main à la maison Hugo!

La rue est son salon; la rouge pétéchie,
Sans fard, sur son cuir nu, se prélasse à gogo;
Et narguant le public, la belle y pète et chie!

Novembre 1878.   7.

UN DISCOURS ROMANTIQUE

Entouré de ses pairs, d'une voix conquérante,
A la tribune Hugo s'efforçait d'éveiller,
Les esprits qu'il avait songé d'émerveiller,
Mais qui ronflaient, bercés par sa phrase énivrante.

C'était en plein mois d'août, il brodait sur la rente;
Pour ces fronts alourdis, excellent oreiller,
Qui venait leur permettre, au frais, de sommeiller,
Et de mener une heure aux cieux leur âme errante :

L'orateur ahuri, se demandait comment,
Il aiguillonnerait l'auditoire dormant,
Que ne secouait plus l'antithèse emphatique.

Quand, nouveau Démosthène, un soupir romantique
Le trahit sous l'effort qu'il fit à ce moment,
Et ravit l'assemblée... à son rêve apathique.

UNE TONNE NATURE

Un jour, un charretier cheminait dans Paris,
Conduisant un tonneau calé sur sa voiture,
Bondé, glaisé, luté, par telle fermeture,
Que sur son contenu s'élevaient les paris.

Les plus gros mots pleuvaient; et ce n'était pas ris :
L'un, pour qu'il soit bordeaux, se met à la torture;
L'autre le veut bourgogne, à la chaude nature;
A les rendre d'accord il eut fallu Pâris!

Un passant avisé, dit : — « Il nous est facile,
« De connaître à l'instant ce que porte ce fût;
« L'automédon sera, pour nous plaire, docile...

Et l'homme interpellé, vite auprès d'eux, s'en fut :
— « C'est du Richer tout pur, des dernières vendanges,
« Distillé par Zola passé maître en vidanges! »

A MONSIEUR CH... ÉDITEUR

—

Vous êtes donc ainsi que tout riche éditeur,
Coulé du même plomb, sorti du même moule ;
Pas tout-à-fait une huître, un peu moins qu'une moule ;
Des niais et des sots, tremblant adorateur !

De chaque mot hardi, vous rendant détracteur,
La censure vous fait pâmer comme une poule ;
Vous grattez à ce point, de gagner une ampoule ;
Tant pour vous le papier, lui-même est délateur !

Si mon poing courageux caressait la prêtrise,
Vous goberiez cela dru comme une cerise,
En riant de bon cœur, ventre déboutonné !

Que je touche à Zola, Renan ou l'ami Taine,
Mieux eut valu pour moi que je ne fusse né ;
Ma main pour ces blagueurs doit prendre la mitaine !

RÉPONSE DE L'ÉDITEUR

—

Ce n'est pas à plaisir, que je choisis un thème,
Poète, mon ami, sublime cornichon.
Pour amasser de l'or, on n'est pas godichon :
Je sers à mon public, ce que son esprit aime !

* * *

Parceque vous verrez, partout avec système,
Livrer, plus que gâtés, veau, bœuf, raie ou cochon,
Irez-vous à la halle, au nez de tout torchon,
Sans souci de son goût fulminer, l'anathème ?

* * *

Regardez ce faisan : Il gambade tout seul !
Cette perdrix est verte et digne du linceul !
Il en est tout ainsi de la littérature :

* * *

Quand ça pue on jubile et les cœurs ont souri :
Les hommes et les vers, veulent même pâture !
Il faut fermer boutique ou vendre du pourri !

LA BOTTE D'ASPERGES

—

Madame fait la moue; et Monsieur conquérant,
A préparé son front pour le blanc casque à mèche,
L'orage monte vite; une seule flammèche,
Pourrait de l'incendie allumer le torrent.

* * *

La femme est agacée; elle mord, elle bêche.
L'époux ouvre son lit, à tout indifférent;
Il arrose son pot d'un liquide odorant.
Elle n'y tenant plus, fait choir une bobèche!

* * *

— D'où venez-vous? — Du club. — Menteur! De chez Flora.
— Tu te trompes, mignonne. — Allons donc, cette urine,
Du parfum de l'asperge affecte ma narine!

* * *

J'ai dîné chez Louis, l'animal m'en fourra...
Fourbe! Sur le marché, l'on n'en vit qu'une botte;
Eh bien! Monstre, qui l'eut? Gueux! C'est votre nabotte!

LE VENTRE DE PARIS

A Arsène Thévenot.

Ami, la halle est belle, avant que la lumière
Ne réveille la nuit, enlaçant nos maisons ;
Lorsque le maraîcher, par toutes les saisons,
Parcourt, dormant encor, sa route coutumière.

Avec l'aube Zola, dont l'ame buissonnière,
Adore les senteurs des âcres salaisons,
Se délecte joyeux à ces exhalaisons,
Qu'*au ventre de Paris*, jette la poissonnière.

Sa muse, bonne fille, enfant de fructidor,
Raille agréablement « ces fades pommes d'or,
« Que nos pères cueillaient au clos des Hespérides ! »

Mais dans l'ombre enviant les grâces de Berchoux,
Elle rêve en son cœur, au destin des Piérides,
Et chante, en titubant, les navets et les choux !

LE CAPITAINE DE POMPIERS

—

Il était vraiment beau le bouillant capitaine
Qui conduisait au feu les braves de Porcien,
Quand après le triomphe il criait : — Nom d'un chien !
Je n'ai jamais aimé le vin de la fontaine !

***

Il portait à ravir sur sa grosse bedaine,
Un charmant uniforme auquel ne manquait rien :
Chapeau de général, le coiffant vraiment bien,
Surtout quand il contait quelque vieille fredaine !

***

Partout il avait su déboulonner le joint :
Il voulait du pompon : Aussi fut-il adjoint,
Notaire, marguillier et suppléant du juge.

***

Mais à table il fallait le voir se surpasser,
Au milieu du repas quand il disait : — J'adjuge,
Pompiers, un bon quart d'heure, à vous tous, pour pisser !

LE CHIFFONNNIER

A Ali Vial de Sabligny

—

Aimable Sabligny, les yeux dans les étoiles,
Je traversais Paris sombre, silencieux,
Dérobant mille fils aux profondeurs des Cieux,
Pour en tisser plus tard quelques légères toiles !

*   *
*

L'océan de granit était morne et sans voiles ;
Pas le moindre omnibus, vaisseau capricieux,
Ne troublait de son pas lourd et fallacieux,
Le sommeil engourdi derrière d'épais voiles.

*   *
*

Quand un noir chiffonnier, la lanterne à la main,
Faillit me culbuter sur un monceau d'ordure,
Où sa ligne pêchait.... la rose et le jasmin !

*   *
*

Quel or, dis-je, l'ami, sans craindre la froidure,
La boue et les voleurs, comptez-vous, trouver là ?
— Quoi cela te fout-il ? Fiston, je suis Zola !

FANTAISIES

LE VRAI BONHEUR

A mon vieil ami Théodore Guillemin

—

Quand je suis surpris, trompeuse liqueur,
Dans un fin repas par ta chaude ivresse,
Je ne crains plus rien et mon allégresse
Sait même braver le lazzi moqueur !

Lorsque dans la main je presse un doux cœur,
Je me pâme d'aise à cette caresse,
La vie est pour moi cette enchanteresse,
Qui nourrit d'amour le sage vainqueur !

Si dans un palais, je vois qu'on me dore,
Mon front est plus haut, mon ame s'adore ;
Je suis un géant, le monde est petit !...

Mais le vrai bonheur, c'est un bon cigare :
Il sait apaiser mon vaste appétit
Quand en le fumant mon esprit s'égare !

8.

LA MORT DU BERGER

—

Il n'avait pas seize ans, eh bien! il s'est pendu!
Au clou d'un vieux pignon, un mètre de ficelle,
Par le cou le balance, au vent qui le harcèle;
En plein milieu des blés et des vignes, perdu.

* * *

Son visage est lugubre; un miroir rond, fendu,
A quatre pas de lui, sur un mur étincelle;
D'une poche, un morceau de pain bis se décèle,
De l'autre un vieux cahier de refrains tout tordu.

* * *

Les moutons dispersés, au loin dans les champs errent;
Eperdus à ses pieds trois fidèles mâtins
Le veillent en grondant et près de lui se serrent.

* * *

Gai pinson, il chantait, jadis, soirs et matins;
Et maintenant sa chair, par le crime enlacée,
Sous un souffle de mort, est livide et glacée!

24 Mars 1879.

LA PLUS BELLE DES FLEURS

La plus belle des fleurs, c'est la rose. — Non pas.
— C'est donc la marguerite, avec son port de reine.
— Vous battez les buissons. — Faudra-t-il que j'égrène
Chaque plante au soleil qui dore ses appas ?

* * *

— Ce serait trop ; cherchez ; elle embaume vos pas.
— Mais ! c'est la violette ; au printemps elle étrenne
L'amour, de son parfum que le zéphir entraîne.
— Avant de la trouver, vous verrez le trépas.

* * *

— Puisqu'il en est ainsi, je vous demande grâce ;
Vous qui la connaissez apprenez-moi son nom ;
Je ne saurai jamais me mettre sur sa trace.

* * *

— Vous seriez trop heureux ; mon bonhomme. Oh ! mais non !
Vous le comprendrez bien : C'est ma gentille amie ;
C'est un ange vraiment... quand elle est endormie !

LES ALIÉNÉS DE BOUAFFLE

A Philibert le Duc

—

Bouafflc est un village où l'esprit se prélasse,
Beaucoup mieux qu'à Pontoise ou bien qu'à Corentin,
On n'y pratique pas le grec et le latin
Mais à bêcher le sol la main n'est jamais lasse.

Un préfet curieux, modèle de sa place,
Pour ses administrés était un vrai lutin :
Au monarque du bourg il demande un matin :
« Combien d'aliénés chez lui, le malheur classe ? »

Maître Jean va trouver le malin de l'endroit,
Un vieux tabellion : — Ce sont ceux que l'Eglise
Le dimanche, à la messe, en blaguant, subtilise! —

A Versaille aussitôt, notre homme écrit tout droit :
— « J'en comptai cent au prône, où va toujours ma mère,
« Y compris le curé, l'adjoint et moi le Maire! »

BÉBÉ

A   *Fréchette*

Bébé, méchant, avait maltraité son carlin ;
Sous les coups prodigués, aussi drus que la grêle,
Le pauvre chien rampait, pleurant de la querelle,
Que lui faisait l'enfant, à frapper trop enclin.

* * *

Sa mère désolée a grondé le malin ;
Et lui montrant le Christ, notre divin modèle :
— « Dieu te regarde battre un animal fidèle ;
« Il saura te punir si tu fais le vilain ! »

* * *

A quelques jours de là, sa rare exubérance,
Sur la bête éclatait de nouveau, sans façon ;
La sévère maman répéta sa leçon.

* * *

Mais le bandit, tout fier, le front plein d'assurance :
— « Bon Jésus ne voit pas, il n'a point d'yeux au dos ! » —
Il avait retourné le gênant juge d'os !

MEMENTO*

—

De nos jeunes amours, te souviens-tu Marie ?
Oh! Comme ton regard était fin, gracieux!
Quels éclairs de bonheur chaste, délicieux,
Quand je te murmurais : « Mon âme! Ma chérie! »

* * *

Lorsque, sur le perron, ta pensée attendrie,
Charmante messagère, échappée à tes yeux,
M'apportait un rayon de la candeur des cieux,
Pendant que s'endormaient aiguille et broderie!

* * *

Ces temps sont loin, hélas! Ton sein ne fleurit plus,
Sous ces baisers de feu, jalousés des élus,
Qui couronnaient toujours une chaude entreprise!

* * *

Age tant regretté des doux épanchements,
Vous fuyez englouti sous nos longs bâillements!
Tiens, ma vieille, savoure une adorable... prise!

* Traduit de Francesco Cimmino.

A MONSIEUR VANET

*Instituteur primaire en lui remettant la Médaille à lui décernée
par le Conseil départemental de l'instruction publique*

—

Si nous sommes heureux d'encourager l'enfant,
Nous aimons encor plus à couronner le Maître ;
Quand l'élève s'endort, de paresse étouffant,
C'est à lui seul qu'il nuit, à lui seul qu'il est traître !

* * *

Mais quand l'instituteur actif est triomphant,
Pourquoi fermer les yeux et ne pas reconnaître
Que son cœur au travail, chaque jour s'échauffant,
Prodigue à son pays un immense bien-être ?

* * *

De ce prix mérité, vous pouvez être fier !
Nous vous le remettons au nom de la patrie,
Dont nos fils tant aimés sont l'espoir le plus cher !

* * *

Votre âme au dur labeur, dès longtemps aguerrie,
En voyant vos succès ici glorifiés,
Sentira ses ressorts d'autant fortifiés.

LA PATÉE

—

Mirliflor, sot bourgeois, possède un vaillant chien ;
On le nomme César ; il met à sa portée,
Pour métrer sa valeur une riche pâtée,
Défendant que cela surtout devienne sien.

***

La bête était fidèle, elle résista bien ;
Mais lorsque vint le soir, par la faim emportée,
Ayant bon estomac, n'étant point édentée,
D'un large coup de langue elle ne laissa rien.

***

Le patron furieux décrocha son grand sabre,
Sacra, fit de gros yeux et pointa l'animal ;
Madame Mirliflor faillit s'en trouver mal.

***

Le toutou prend du cœur, dans la chambre il se cabre,
Et d'un fougueux élan, pour ne point périr là,
Il saute sur son maître et pleurant l'étrangla.

LE RÉVEIL DE LYDIE

—

— Lydie est, je le jure, une charmante fille !
Elle chante, à ravir fauvette et rossignol ;
Son œil ferait songer le plus fier espagnol ;
Et sa peau resplendit, sous la noire mantille.

* * *

Quel adorable cœur ! quel trésor de famille !
Le roi du ciel n'a pas doré le tournesol,
Que la rieuse enfant, filant son premier sol,
Vient donner le bonjour aux pies de la charmille.

* * *

Elle pétrit d'amour sa levrette et ses chats ;
Un fleuve de baisers ! Une mer de caresses !
Comme aussi les matous se carrent en pachas !

* * *

Tout est dans son logis l'objet de ses tendresses,
« — Quoi ! Tout !... Son père aussi ? Vous ne m'en dites rien. »
Lui ? Pourquoi l'embrasser ? Est-ce qu'il est un chien ?

UN IMPROMPTU NORMAND

—

« Quand on a quatre amis. qu'il faut que l'on héberge,
« Quel malheur, murmurait un vieux chasseur de daim,
« De ne pouvoir offrir pour apaiser leur faim,
« Que l'ombre d'un chevreuil, la tête d'une asperge ;

*
* *

« Un poulet au cresson, embourbé d'huile vierge ;
« Une truite surprise à la chance du haim ;
« Deux étiques perdreaux ; ce miel de mon essaim ;
« Ces pêches souriant aux grâces d'une alberge.

*
* *

« Ce fromage habité comme un canton normand,
« Par un peuple rongeur, qui s'engraisse en dormant ;
« Du cidre à volonté, du bordeaux, du bourgogne.

*
* *

« Pour vous faire oublier, ces misérables mets,
« Vous aurez un cognac, un café de gourmets,
« Qu'un roi savourerait, croyez-moi, sans vergogne ! »

AMITIE

A MON FILS

—

D'un rayon de bonheur ma tête, un jour, fut ceinte ;
Il disparut ! Mon Paul, mes livres et mes fleurs,
M'ont gardé leur amour et calment mes douleurs,
En charmant l'âcreté de mon amère absinthe !

Ici, rien n'est à moi. Dans cette froide enceinte,
Un étranger brutal, avec des mots railleurs,
Peut me crier demain : Va-t-en mourir ailleurs !
Et pourtant je bénis, Dieu, ta volonté sainte !

Me plaindre ; et pourquoi donc ? Mon âme s'aguerrit,
Au souffle de Rousseau, de Corneille ou Molière !
Et mon cœur chante encor, quand la rose sourit !

Mais lorsque toi, cher fils, fidèle et tendre lierre,
Tu presses, dans tes bras, mon crâne blanchissant,
Je nargue la fortune et son doigt menaçant.

1879.

9.

A MADAME BRUNET

—

Te souviens-tu ma sœur, de ta lugubre enfance ?
Nous naquîmes sans mère et le morne chevet
Fut sevré des baisers que ton âme rêvait.
La tempête emporta notre nid sans défense !

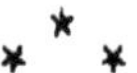

Le ciel couvre la fleur de sa munificence,
Qui de chaude tendresse, en tout lieu la revêt ;
L'oiseau comme le fruit s'abrite en son duvet ;
Pourquoi, Seigneur, as-tu condamné l'innocence ?

Comme un phare sauveur, étoile à l'horizon,
Qui ravit le marin, aux affres du naufrage,
Seul, ton amour dora ma première saison !

Rude époque, bercée aux éclats de l'orage,
Je regrette tes pleurs, en mon dur messidor ;
Malgré tes désespoirs, tu fus mon âge d'or.

Avril 1876.

A PROSPER BLANCHEMAIN

—

Vous m'avez prêté quatre aimables vers,
Que je n'ai pas su, poète, vous rendre ;
Comment dans mon coin, d'aussi beaux, en prendre,
Quand il n'en est pas dans tout l'univers !

Depuis ce moment, déjà trois hivers
Grondant sont venus me forcer d'entendre,
Qu'une dette doit ne jamais attendre,
Qu'autrement l'on est lorgné de travers.

Donnez-moi du temps, je suis homme honnête,
Je vous solderai cette somme nette,
Qui me fut jadis un si doux régal.

Je veux encor plus ; ce n'est pas un conte,
Vous aurez avec, pour faire un bon compte,
De ces trente mois l'intérêt légal.

A MONSIEUR ET A MADAME CONDROT

Chers vieux amis venez ; vous aurez bonne mine,
Fromage, radis, noix, œufs et pigeons rôtis,
Clairet, café, cognac ; vous êtes avertis !
L'argent fut toujours rare, en ma modeste mine.

Nous jaserons du temps, qui, comme un fou chemine,
Vers ce gouffre muet, où tous anéantis,
Victimes du destin, nous roulons engloutis :
Cèdre altier du palais, pervenche de chaumine.

Quelques jours avec vous, dans le bonheur passés,
Sèchent au coin de l'œil les pleurs prêtes à naître ;
Et narguent les soucis, par la joie éclipsés.

Le chagrin doit parfois faire place au bien être ;
Le jour chasse la nuit ; et l'amour, sans remords,
Sème à torrents la vie au domaine des morts !

23 Mai 1879.

A SA MAJESTÉ LA REINE MARGUERITE*

—

La noble Marguerite, à l'aurore oppressée,
De son disque éclatant, laisse échapper un pleur,
D'allégresse ou d'amour, peut-être de douleur;
Qui dira si la plante est joyeuse ou blessée?

* * *

Cette larme divine, aussitôt enchâssée,
Par l'habile burin d'un heureux ciseleur,
Garde au sein du métal la grâce de la fleur;
Elle sourit dans l'or, où mon fils l'a placée!

* * *

Perle pure et sans tache, un art étincelant,
L'a trempée aux rayons de votre ciel brûlant,
Pour la rendre, Madame, à sa royale tige.

* * *

Ainsi que la jérose, au vase de l'autel,
L'aster a refleuri, par votre doux prestige;
Et le joyau devient, sous votre œil, immortel!

1er Janvier 1879.

* Ce Sonnet-dédicace doit se trouver en tête de l'édition italienne des
sonnets de Paul Vibert.

A M. LE BARON POMPILIO PETITTI
Propriétaire de la Crisalide

Que puis-je vous offrir pour tant d'urbanité ?
De l'or? Je n'en ai pas ! Et votre âme vaillante,
Comme le cristal, pure et comme lui brillante,
Ternirait son éclat à son souffle empesté !

Je n'ai rien que mon cœur, encor la vétusté
Ne fait-elle de lui qu'une horloge branlante,
Dont le rouage usé rend l'heure vacillante
Prête à sonner le glas de son éternité !

Le vieux meuble a son prix, immense est son empire ;
C'est quand il est boiteux, qu'un bahut nous est cher,
Plus un vase est fendu, plus pour lui l'on soupire !

Oui ; mais je l'ai donné tant de fois que j'ai l'air,
De vous transmettre un fonds qui n'est plus dans ma caisse,
Ou réduit à zéro par l'implacable baisse !

A MONSIEUR M***

*Chef d'escadron en retraite, officier de la Légion-d'honneur
et à Madame M****

—

— « Vous regrettez Sézanne et sa noire *Superbe*,
« Ce fleuve d'une toise, ennemi des poissons ;
« Dont les fertiles bords offrent d'amples moissons,
« De ronce desséchée, ou bien d'insipide herbe !

« Pourquoi ?.... la fleur, aux champs, n'embaume pas la gerbe,
« En vain, folle d'amour, la terre dit : Croissons !
« Tout s'éteint : Plante et fruits. La vigne et ses boissons
« N'échauffent notre sang que d'un esprit acerbe !

« Délicieuse perle, au sein d'un vil métal,
« Enchâssée, un matin, par un joaillier brutal,
« La cité meurt de honte en sa campagne vide ! »

— Madame, ce n'est pas, vous le redire est doux,
Ce bijou que je pleure et son écrin avide ;
Ce sont deux cœurs aimants ; je le jure, c'est vous !

22 Juin 1878.

A MON FILS

Je ne sens pas le froid, dans ma chambre sans feu,
Mes membres engourdis n'ont pas besoin de flamme ;
Mon sang va s'échauffer au foyer de mon âme ;
Et j'accepte humblement la volonté de Dieu !

De l'eau, l'on en peut boire, au café dire adieu,
Renoncer au tabac, ce merveilleux dictame,
Qui nous tient lieu de tout : D'or, de palais, de femme,
Et voire prétend-on, du divin petit-bleu !

S'il le faut, j'abandonne œillet, phlox, glaïeul, rose ;
Je divorcerai même avec mes vieux bouquins,
Qui valent mieux, pour moi, qu'un monceau de sequins !

Mais quand tu n'écris pas, mon fils, pauvre laurose,
Brisé par l'âpre vent qui souffle du désert,
Je meurs, note perdue, en cet affreux concert !

A MONSIEUR PAOLO SANSONE

Président de l'Académie la Patria *de Palerme*

—

Combien j'aurais plaisir à vous serrer la main,
Ami, qui m'êtes cher, comme une fiancée ;
Vous le savez, pourtant seule notre pensée,
Un jour, s'est rencontrée au sable du chemin !

* * *

La grâce de l'œillet où l'âme du jasmin,
Sous un soleil joyeux, en tous temps balancée,
Parfume vos accords d'une gloire insensée,
Qui rêve de n'avoir jamais de lendemain !

* * *

Ici les durs frimas rendent la voix morose ;
Le froid glace les fleurs, accable notre esprit ;
Le dahlia s'éteint, aussi bien que la rose.

* * *

Aux flammes de vos cieux, votre vers chante et rit ;
A l'âpre vent du Nord, notre vulgaire prose
Nous enchaîne le cœur, le vide et le flétrit !

A MONSIEUR L'ABBÉ GUTIN

—

> « Pour tout succès mon livre a vidé ma cassette. »
> GUTIN.

Si votre caisse est vide, abbé, remplissez-là,
De rondeaux, de sonnets, à l'opulente rime,
Ainsi vous serez sûr que la note du crime,
N'émettra pas chez vous son ennuyeux holà.

***

Qui vit le *rossignol* soupirer pour cela ?
C'est de l'or qu'il lui faut, lorsque sa voix s'escrime ;
Les plus riches vers sont une trop maigre prime ;
Jamais pour leurs trésors son bec ne roucoula !

***

Que vous êtes heureux ! Sur toutes vos oreilles,
Vous pourrez dès ce soir dormir paisiblement ;
Adieu songes, soucis, fastidieuses veilles.

***

L'harmonieux écrin, étendu mollement,
Chaque jour redira ses fidèles merveilles,
Qui n'auront pas tenté la main d'un garnement.

A MONSIEUR MAURICE DUMAZEL

—

A Sézanne on ne dort point ;
Cela soit dit, sans malice ;
Le soleil nous voit en lice
Dès qu'il a mis son pourpoint.

***

Un sonnet sans embonpoint,
Sur notre métier se glisse ;
On le nourrit dans sa lisse,
Jusqu'à ce qu'il soit à point.

***

Ou bien, pour un fin volume,
La folle verve s'allume,
Sur le papier tout noirci.

***

Juge, pourtant notre plume,
Comme une autre, sans souci,
Pourrait sommeiller aussi.

23 Juin 1876.

A MONSIEUR COMINAZZI
Directeur de la revue la Fama de Milan

—

J'adorais la folle *Fama*,
Pour ses travers si renommée;
Mon âme hélas! fut consumée,
Dès le jour qu'elle s'enflamma.

* * *

En vain ma plume s'escrima,
Son oreille resta fermée;
Jamais sa bouche parfumée,
D'un tendre aveu ne me charma!

* * *

Je pleure en cent lieux la méchante
Mais sourde à mon cœur qui la chante,
Elle échappe à tous mes élans.

* * *

Un soir, je crus baiser sa joue,
Lorsqu'elle dit, faisant la moue :
— « Je t'aimerai, mais dans mille ans! »

Sézanne, 25 février 1877.

AUX POÈTES ITALIENS*

—

Chantres du soleil, ô bardes joyeux,
Qui fêtez l'amour, parfumez la vie!
Vos vers chatoyants, aux reflets soyeux,
Brillent d'un éclat que mon œil envie!

La flamme divine, embrasant les Cieux,
Qu'en vain nous avons, charmés, poursuivie,
Fut par votre muse au front gracieux,
Pour nous éclairer un matin ravie!

Vous qu'elle aime tant, poètes ailés,
De ses saints autels lévites zélés,
Portez à son cœur mes humbles instances!

Que son beau regard, plus bleu qu'un saphir,
Plus chaud qu'un rubis, plus doux qu'un zéphir,
Caresse, un moment, ces plaintives stances!

* Ce sonnet dédicatoire est en tête de *Martura*.   10.

A CHARLES SOULLIER

Auteur des Sansonnets après la lecture de son sonnet
« Sonnez fort ! »

—

Ton *Sansonnet* siffle si bien,
Qu'il faut le mettre vite en cage ;
Pour qu'il ne pleure son bocage,
Tu ne lui refuseras rien.

⁎

Et pour que ton musicien
Puisse adorer son ermitage,
Mets une *sonnette* au faîtage
Du palais de ce citoyen.

⁎

Et *nettement* nous pourrons dire
Ravis par sa douce chanson,
Quel bel oiseau tu sus instruire !

⁎

Abreuve-le, noble échanson,
Aux flots d'or qui baignent ta lyre ;
Tu les retrouveras en son !

A MON FILS

Quand, le rideau tombé, la noire tragédie
Aura livré, ma tête, à jamais refroidie,
    Aux larves du trépas,
    Mon fils, ne gémis pas !

Laisse aux esprits menteurs, la sotte comédie
Des lamentations, alors qu'on s'étudie
    A diriger ses pas,
    Vers de joyeux repas !

Que le libre penseur pleure sur un cadavre,
Le cercueil est pour lui le redoutable hâvre
    Où tout périt au port.

Mais si pour le chrétien la mort est l'heureux terme
Où s'éteint la douleur, elle est aussi le germe
    D'un ineffable sort.

Sézanne, 1876.

Λ 101 Ω

JÉOVAH

—

« Je suis celui qui suis ! Je précède tout âge ;
« J'enfante l'infini de toute éternité !
« L'Univers n'est qu'un point, dans mon immensité ;
« Si grand qu'on me croira, je le suis davantage !

* * *

« En vain, vous rêverez la plus sublime image,
« Vous ne comprendrez pas l'immuable beauté,
« Ni la perfection de la Divinité,
« A laquelle en tous lieux, tout être doit hommage !

* * *

« Mon amour engendra votre vie et les cieux
« Se peuplent à ma voix d'astres silencieux,
« De globes enflammés, flambeaux de votre monde.

* * *

« L'homme, créé par Dieu, fut du néant tiré :
« Et je l'ai fait le roi de la terre et de l'onde ;
« Ne lui demandant rien que d'en être adoré ! »

1er Décembre 1879

OUVRAGES DE THÉODORE VIBERT

—

EDMOND REILLE, roman philosophique, 2 vol. in-8, Paris. Dentu. 1856. Épuisé.

LES GIRONDINS, poème épique national, en douze chants, 1 vol. in-8. Paris. Vanier. 1860 (3e édition en 1866. Entièrement épuisée).

LES QUATRE MORTS, poème en quatre parties : la mort du *Christ*. la mort de *Louis XVI*, la mort de *Napoléon*, et la mort de *Voltaire*, brochure in-12. — Paris. Vanier. 1865 (3e édition complètement épuisée).

RIMES D'UN VRAI LIBRE-PENSEUR, poésies diverses et Satires gauloises, in-8. — Paris, Ernest Leroux, 1876. — 3fr. 50.

MARTURA, poème. Paris. Ghio 1879. — 1 fr.

LE DROIT DIVIN DE LA DÉMOCRATIE, étude philosophique et sociale, pour paraître prochainement.

LE CONSEILLER RENAUD, sous presse.

OUVRAGES DE PAUL VIBERT

—

LA DÉMOCRATIE IMPÉRIALE, brochure politique, in-32. — Paris, Lachaud, 1874. — 15 c.

DIZAIN DE SONNETS, première série, brochure in-18. — Paris, E. Lachaud et Cie, et veuve Remondel-Aubin, à Aix, 1875. — 50 c.

DIZAIN DE SONNETS, deuxième série, brochure in-18. — Paris, A. Chérié, éditeur, 1878. — 50 c.

DIZAIN DE SONNETS, troisième série, brochure in-18. — Paris, A. Chérié, éditeur, 1879. — 50 c.

SONNETS PARISIENS (trois premiers dizains, avec traduction en Sonnets italiens, édition de luxe, 1879, chez Ghio et aux bureaux *de la Crisalide*, Largo Trinita Maggiore, 21 p. p. à Naples (Italie).

ARSÈNE THÉVENOT, sa vie, ses œuvres, étude biographique. — Paris, A. Chérié, 1877. — 60 c.

Un grand nombre de journaux ont rendu compte de l'un ou de plusieurs de ces ouvrages, quelques-uns les ont reproduits, soit en totalité, soit en partie; nous citerons entre autres :

A Paris

Le Journal des Arts. — *Le Dictionnaire biographique.* — *L'Ordre.* — *Le Figaro-Programme.* — *L'Ange Gardien.* — *L'Ami des Livres.* — *La Revue des Bons Livres.* — *Le Droit commercial.* — *La Bibliographie catholique.* — *La Presse.* — *L'Ami de la Religion.* — *Le Parisien.* — *Le Petit Parisien.* — *La France.* — *Le Grand Dictionnaire Universel du XIX° Siècle.* — *L'Alliance des Lettres.* — *La Revue indépendante.* — *La Critique française.* — *L'Europe littéraire.* — *La Revue de la Jeunesse.* — *L'Echo des Provinces.* — *La Petite Revue.* — *Le Très-Saint Sacrement.* — *Le Courrier de Paris.* — *Le Gaulois.* — *Le Mercure de France.* — *Le Glaneur littéraire.* — *La Revue britannique.* — *La Revue des deux Mondes.* — *La Revue contemporaine.* — *La Revue de Paris.* — *Le Siècle.* — *Le Monde thermal.* — *Paris-Journal.* — *La Revue des Poètes.* — *La Revue de la Jeunesse.* — *La Biographie nationale des Contemporains.* — *Les Actes du Saint-Siège.* — *Le Passé, le Présent et l'Avenir de l'humanité.* — *La Jeune France.* — *Notice par Thévenot.* — *L'Orchestre.* — *La Revue des idées nouvelles.* — *La Jeune Garde.* — *Le Journal des Abrutis.* — *Le Parnasse.* — *La Plume.* — *Le Petit Moniteur.* — *L'Espérance Nationale* — *Le Bulletin Français.* — *L'Union littéraire.* — *Le Titi.*

Dans les Départements

La Tribune Lyrique (Mâcon). — *La Revue du Lyonnais* (Lyon). — *La France Littéraire* (Lyon). — *Le Journal de Montmédy.* — *Le Courrier du Nord* (Valenciennes). — *La Fauvette du Nord* (Roubaix). — *Le Propagateur du Nord* (Lille). — *La Revue des Etudes* (Lille). — *Le Journal de St-Quentin.* — *Le Nouvelliste de*

Rouen. — *La Meuse* (St-Mihiel). — *La Marche* (Guéret). — *L'Avenir de la Corse* (Bastia). — *La Guida del Popolo* (Bastia). — *La Sentinelle du Jura* (Lons-le-Saulnier). — *Le Journal de Falaise.*— *L'Echo Phocéen* (Marseille). — *Le Grillon* (Limoges). — *Le Courrier du Centre* (Limoges). — *La Publicité* (Toulouse). — *Le Messager* (Toulouse). — *Le Bas-Breton* (Quimper). — *Le Noireau* (Condé).— *L'Echo du Quercy* (Figeac). — *Le Courrier de la Gironde* (Bordeaux). — *Le Propagateur* (Bordeaux). — *La Revue Française* (Bordeaux). — *La Jeune France* (Bordeaux). — *La Voix de la Patrie* (Bordeaux). — *Le Prytanée* (Bordeaux). — *Le Journal de Bordeaux.* — *Le Journal de Honfleur.* — *Le Journal de Pont-audemer.* — *L'Indicateur de l'Hérault* (Béziers) — *Le Courrier de Sézanne.* — *L'Indicateur des Landes* (Mont-de-Marsan). — *Le Publicateur* (Louviers). — *Le Publicateur de l'Orne* (Domfront). — *Le Nouvelliste Breton* (St-Malo). — *Le Propagateur du Var* (Draguignan). — *La Publicité du Midi* (Draguignan). — *L'Echo des Muses* (Draguignan).— *Notice par de Rossi* (Toulon). — *La Revue Méridionale* (Toulon). — *L'Echo* (Bar-sur-Aube). — *Le Mémorial* (Bar-sur-Aube). — *Le Livre d'or des Poètes* (Marennes). — *Le Sonnettiste* (Tarbes). — *L'Ere Nouvelle* (Tarbes). — *Le Luçonnais.* — *Le Pilote* (Abbeville). — *Le Courrier des deux Charentes* (Saintes). — *Le Semeur de l'Oise* (Clermont). — *Le Journal de Tinchebray.* — *Le Courrier de l'Aube* (Troyes). — *Le Stephanois* (St-Etienne). — *Le Journal de l'Ain* (Bourg). — *Le Journal de Vervins.* — *Le Messager des Alpes* (Aigle). — *Le Journal de la Vienne* (Poitiers). — *Le Journal de Mantes.* — *Le Courrier du Pas-de-Calais* (Arras). — *Le Courrier de l'Isère* (Grenoble). — *Le Moniteur de la Meurthe* (Nancy). — *L'Extrême Droite* (Nimes). — *Le Courrier du Nord-Est* (Epernay). — *L'Echo du Velay* (Le Puy). — *L'Union Bretonne* (Nantes). — *Le Journal de Péronne.* — *L'Indépendance Bretonne* (St Brieuc). — *L'Union Libérale* (Verviers). — *Le Journal d'Alençon.* — *Le Journal de la Marne* (Châlons-sur-Marne). — *Le Brionnais.* — *Le Journal de Châteaubriant.* — *Le Journal d'Elbeuf.* — *Le Corrézien* (Tulle). — *Le Bas Vivarais* (Argentière). — *Le Barbézilien* (Barhéxieux). — *La Revue indépendante du Nord* (Douai). — *Le Mémorial* (Aix). — *La Gazette des Bouches du Rhône* (Arles). — *Le Moniteur de l'Indre* (Châteauroux). — *Le Bon Diable* (Toulignan). — *Le Courrier de l'Eure* (Évreux).

A L'ÉTRANGER

En Allemagne

La Constitutionelle Zeitung (Dresde). — *Le Chroniqueur* (Francfort-sur-le-Mein). — *Leipziger Zeitung* (Leipsick).

En Belgique

Le Nord (Bruxelles). — *La Gazette des Familles* (Bruxelles). — *L'Opinion* (Anvers). — *L'Echo de l'Escaut* (Anvers). — *Le journal de Gand.* — *L'Echo d'Ostende.* — *Le Journal de Bruges.*

Dans le Luxembourg

L'Indépendance. — *L'Echo du Luxembourg.*

En Suisse

L'Europe Illustrée (Zurich).

En Italie

Il Sistro (Florence). — *Letture de Famiglia* (Florence). — *Cronaca Azzura* (Naples). — *Il Monitore Sebezio* (Naples'. — *La Crisalide* (Naples). — *Il Diogene* (Naples). — *Il Mergellina* (Naples). — *Il Piccolo* (Naples). — *La Salamandra* (Naples). — *La Discussione* (Naples). — *La Coltura Giovanile* (Fano). — *La Fama* (Milan). — *Il Sole* (Milan). — *Il Diogene* (Palerme). — *Il Giornale de Sicilia* (Palerme). — *Il Cronista* (Caserte). — *La Staffetta* (Rome). — *Il Nomade* (Rome). — *L'Appennino* (Camerino). — *Il Tavolozza* (Torino). — *Il Raffaello* (Urbino). — *Livorno Artistica.* — *La Scena* (Venise). *l'Album* (Lodi). — *La Palestra-tecnica* (Spolète).

En Autriche

La Libertà è Lavoro (Trieste).

Au Canada

Le Courrier du Canada (Québec). — *Le Journal de l'Instruction Publique* (Québec). — *L'Évènement* (Québec). — *L'Opinion Publique* (Mont-Réal). — *The Canadian illustrated news* (Mont-Réa). — *Le Journal de Lévis.*

Arcis-sur-Aube. — Imprimerie Léon Frémont.

TABLE

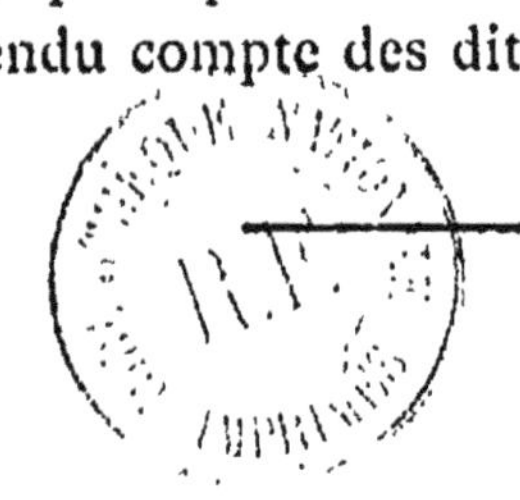

www.ingramcontent.com/pod-product-compliance
Ingram Content Group UK Ltd.
Pitfield, Milton Keynes, MK11 3LW, UK
UKHW021734090726
13657UKWH00002B/698